Elke Deistung
Ich binnet ... der Bashiri!

Anmerkungen der Pfotenführerin

Ein Leben ohne Tiere ist für mich unvorstellbar! Als Kind wuchs ich mit Tieren auf und sie gehören seitdem untrennbar zu meinem Leben dazu. Ich durfte immer besondere Tiere im Leben begleiten und jedes hatte seine eigene Persönlichkeit. Meine Tiere und ich verstehen uns auf eigene Art und Weise. Es ist eine innige Kommunikation zwischen uns vorhanden, die Andere nicht immer begreifen können oder wollen. Ich habe sehr viele Fachbücher über Verhalten, Tierkommunikation, Erziehung, Beschwichtigungsgesten, Trainingsmethoden usw. gelesen und Vieles, was ich gelesen oder gehört habe, ist auch zur Anwendung gekommen, soweit es mit meiner Einstellung von sanfter, aber konsequenter Erziehung conform ging. Aber im täglichen Leben mit Tieren lerne ich noch jeden Tag dazu, denn die Fehler im Umgang mit Tieren werden von uns Menschen gemacht. Jedes Tier ist ein Individuum mit eigenem Charakter, spezifischen Rassemerkmalen und -anlagen und unterschiedlichen Bedürfnissen und es gibt kein allgemein gültiges Rezept für *die Erziehung*. Was allerdings für jedes Tier gilt: wir müssen ihnen mit Respekt, Toleranz aber auch Konsequenz begegnen und uns vor allem bemühen die Sprache der Tiere, die sie uns durch ihr Verhalten und ihren Ausdruck zeigen, zu erlernen. Erst wenn wir das verstanden haben, danken die Tiere es uns durch bedingungslose Liebe. Diese Liebe erfahre ich jeden Tag aufs Neue von meinen Tieren und erwidere sie auch, aber konsequent! Wir müssen uns einfach die Mühe machen unser Gegenüber zu verstehen, egal ob Mensch oder Tier!

Elke Deistung

Ich binnet ... der Bashiri!

Ein Welpe packt aus

Liebe Brigitte,

deine Freundin Doris und ich
wünschen dir alles Liebe und Gute
zum Geburtstag und viel Spaß
beim Lesen meines Buches!

Dein Bashiri

Bad Münstereifel im Juli 2008

Bibliografische Information der Deutschen Nationalbibliothek
Die Deutsche Nationalbibliothek verzeichnet diese
Publikation in der Deutschen Nationalbibliografie;
detaillierte bibliografische Daten sind im Internet über
http://dnb.d-nb.de abrufbar.

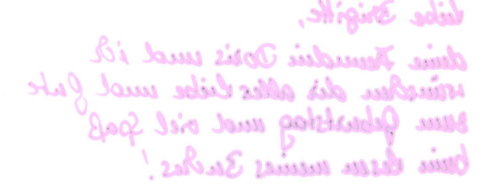

Autor und Fotos: Elke Deistung, Bad Münstereifel

Layout und Cover: Björn Deistung, Obermaubach www.bdsigned.de

Herstellung und Verlag: Books on Demand GmbH, Norderstedt
ISBN: 9783837008128

Vorwort

Als Bashiri's Ommmma Sylvia fühle ich mich geehrt ein Vorwort zum ersten Buch meiner Freundin Elke schreiben zu dürfen.

Leider sehen wir uns durch die räumliche Distanz bedingt sehr wenig, aber dafür halten wir ständigen und sehr ausgiebigen Kontakt per Mail oder Telefon. Ich habe Elke als chronisch lustige, fürsorgliche und vor allen Dingen hundenärrische Frau kennen und schätzen gelernt. Es ist bewundernswert, wie sie die täglichen Herausforderungen mit ihrem behinderten Sohn meistert und dabei die Zeit findet sich nicht nur um ihre Tiere zu kümmern, sondern ihnen vor allem ein liebevolles Zuhause gibt und ein artgerechtes Leben bietet.

Mein Mann und ich leben, genau so wie sie, mit und für unsere dreizehn Tiere und sie sind aus unserem Leben nicht mehr weg zu denken. Die Liebe zu diesen wunderbaren Hunden verbindet uns und ist die Basis unserer Freundschaft. Deshalb hat es uns sehr gefreut, als Elke sich damals entschieden hat unseren Enkel Bashiri zu sich zu nehmen, da wir wussten, dass Bashiri es nirgendwo hätte besser haben können. Für uns als Besitzer von einigen Deckrüden ist es nicht selbstverständlich, dass man Kontakt zu den Welpenkäufern hat. Wir haben zwar sehr viele Freunde unter den Züchtern, wozu auch Ulrike Mönnich als Besitzerin von Mama Cimberley my Fame Story gehört, aber in den meisten Fällen lernen wir die Käufer der Welpen nicht kennen. Man trifft sich vielleicht ab und zu auf einer der zahlreichen Ausstellungen und freut sich zu sehen, wie die Welpen sich entwickelt haben und dass es ihnen bei ihren Frauchen und Herrchen gut geht. Anders war es bei Elke, Bashiri und seinen Geschwistern. Ab dem Erscheinen der ersten Fotostory über Bashiri im Forum von Ulli Mönnich's Webseite konnten wir verfolgen, wie die Entwicklung von Bashiri voran schritt, was er alles so erlebte und wie es seinen Schwestern und Brüdern ging. Das absolute Highlight waren die stimmigen, sehr humorvollen Kommentare von Elke zu den herrlichen Schnappschüssen. Diese Fotostories machten schlicht und ergreifend süchtig! Mein Mann und ich hatten uns vorher noch nie so oft auf einer Webseite aufgehalten und während des Lesens Tränen gelacht. Wir warteten wöchentlich auf eine Geschichte und wurden nie enttäuscht, eine war schöner und lustiger als die andere. So wie uns erging es vielen anderen Lesern und es war im Laufe der Zeit unumgänglich, dass Elke die Fotostories von Bashiri als Buch veröffentlichen musste. Neue Leser mussten auch die Gelegenheit bekommen Bashiri's Abenteuer mitzuerleben.

Ich bin sehr froh, dass sie nun endlich zur Tat geschritten ist und das Buch fertig gestellt hat. Zusammen mit unserem Deckrüden Dreamweaver als Papa von Bashiri sind wir unglaublich stolz, dass er einen so tollen, literarisch begabten Rüden mit Cimberley gezeugt hat! Wir sind der festen Überzeugung, dass sehr bald der zweite Band folgen wird und muss, denn was dieser kleine, vor Energie und Witz sprühende und bildschöne Rüde und seine, verzeihe mir Elke, (hunde)verrückte Mama zu erzählen haben, gehört in die Öffentlichkeit.

Mein Mann Uwe und ich bekennen uns als treue Anhänger von Bashiri und dir und wünschen euch viel Erfolg mit eurem Buch!

Sylvia und Uwe Sponholz und alle Redpines, Nortorf

www.redpine.de

Und noch´n Vorwort

Ich binnet … das ist in Fankreisen schon zu einem Slogan geworden.

Jetzt bin ich stolz sagen zu dürfen: «Ich binnet … die Ommmma von Bashiri!» und ich freue mich ganz besonders, dass dieses Buch endlich zustande gekommen ist.

Ich kann mich noch sehr gut an unser Kennenlernen erinnern. Elke rief mich an und erkundigte sich nach einem Welpen. Während unseres Telefonats erzählte sie mir, dass sie schon bei einigen Züchtern angerufen habe. Als diese jedoch erfuhren, dass sie allein erziehende Mutter eines behinderten Sohnes ist, lehnten viele es ab ihr einen Welpen zu überlassen. Das ärgerte mich sehr, weil gerade der Golden Retriever der ideale Begleithund für behinderte Menschen ist. Ich lud sie sofort ein uns und die Kleinen zu besuchen. Schon bei diesem ersten Besuch konnte ich erkennen wie viel Liebe zu den Welpen aber auch zu unseren großen Hunden von ihr ausging. Joachim und ich waren uns sofort einig, dass wir uns keine bessere Begleiterin als sie für einen unserer Welpen vorstellen konnten. Sie war überglücklich, als wir ihr dies mitteilten. Als ich ihr dann die Ahnentafel unserer Hündin Cimberley vorlegte, liefen ihre Tränen. Sie hatte entdeckt, dass einer der Großväter von Cimberley auch der ihres vorherigen Golden Retrievers Ben war, mit dem sie und ihr Sohn Patrick 15 Jahre sehr eng verbunden waren. Sie besuchte uns und unsere Hunde von nun an wöchentlich und immer hielt sie die Erlebnisse mit ihrer Kamera fest. Im Forum meiner Webseite veröffentlichte sie diese Bilder mit ihren herzerfrischenden Kommentaren und erfreute damit alle Forenbesucher. Allmählich entwickelte sich zwischen uns eine enge Freundschaft, die mittlerweile noch dadurch ergänzt wird, dass Elke mich bei der Arbeit in meiner Hundeschule tatkräftig unterstützt. Durch ihre liebevolle aber konsequente Art mit Hunden und deren Führern umzugehen, ist sie auf dem Hundeplatz sehr beliebt und lockert durch ihren Humor jede Trainingsstunde auf. Als meine Hündin Cimberley erneut tragend war, entschied sie sich sofort dazu noch einen Welpen aufzunehmen. Bei diesem B-Wurf war Elke mir eine große Hilfe und kam sehr oft zum «Welpensitten», wenn ich mit Hundepatienten im Therapieschwimmbad war. Natürlich machte sie ihre obligatorischen Fotos und wieder entstanden die herrlichsten Stories im Forum. Immer mehr Leser besuchten wegen ihrer Geschichten über Bashiri die Webseite und die Bitten, diese nun endlich als Buch zu veröffentlichen, wurden mit der Zeit häufiger und fordernder.

Ihr Erstlingswerk liegt nun vor und ich bin mir sicher, dass die Abenteuer unseres kleinen Lausebengels Bashiri auch Ihre Leserherzen erwärmen werden! Es ist gespickt mit den schönsten Bildern und versehen mit sehr originellen Kommentaren.

Ich wünsche Elke und meinem Enkel Bashiri viele dankbare Leser, die sich der bereits großen Bashiri-Fangemeinde gerne anschließen dürfen.

Ulrike Mönnich, Rheinbach-Hilberath
Tierheilpraktikerin und Tierphysiotherapeutin

www.ulrike-moennich.de

Danke

An erster Stelle möchte ich zunächst natürlich meinem kleinen Protagonisten Bashiri danken! Er ist - und bleibt wahrscheinlich - ein Clown und nur seiner ausdrucksstarken Mimik und seinem Verhalten habe ich es zu verdanken, dass ich überhaupt auf die Idee kam eine Fotostory über ihn zu machen. Für mich stach er aus allen anderen Welpen heraus, wobei ich betonen möchte, dass seine drei Schwestern und seine beiden Brüder mir auch unendlich ans Herz gewachsen sind und ich heute noch bei unseren wöchentlichen Welpentreffen sozusagen als «Ersatz-Ommmma» stürmisch begrüßt werde.

Ich wollte mich überraschen lassen, welcher der Kleinen mich als Mama aussuchen und zu mir *die* besondere, von mir ersehnte Verbindung aufbauen würde. Alle Welpen dieses B-Wurfes waren und sind wunderschön und kräftig und meine einzige Beschränkung war, dass ich einen Rüden nehmen wollte. Als die Welpen soweit waren, dass sie die Augen öffneten und sehen konnten, was um sie herum passierte und wer sich bei ihnen in der Wurfkiste aufhielt, ging eigentlich alles relativ schnell. Ein süßer, strubbeliger, forscher Rüde suchte viel öfter meine Nähe, als die anderen Welpen. Er war immer bei mir, wenn ich die Welpen gesittet hab und später kam er sofort zu mir, wenn er mich sah … damit war die Entscheidung gefallen. Er sollte mein zukünftiger Begleiter sein und Bashiri heißen!

Wenn Welpen heranwachsen sind sie immer quirlig, tollpatschig und witzig, unabhängig von der Rasse. Meiner Meinung nach übertraf Bashiri dennoch alles, was ich bisher gesehen und erlebt hatte. Wenn ich dann zu Hause noch in den Erinnerungen der letzten Stunden schwelgte, die ich bei ihnen verbringen durfte und dazu die vielen aktuellen Fotos sichtete, musste ich meine Gedanken dazu einfach aufschreiben. Mit seinem bedeutungsvollen Minenspiel und seinem unverwechselbaren Aussehen lieferte er mir perfekte Vorlagen für die erste Fotostory, der noch weitere folgen sollten. Es ist auch nur meiner besonderen Bindung zu Bashiri zuzuschreiben, dass ich manchmal förmlich ahnen konnte, was in seinem kleinen Kopf vorging. Dies hat meine Gedanken geleitet und ich habe sie niedergeschrieben. Dabei halten Bashiri und ich uns an Hans Magnus Enzensberger, der sagte: «Die Interpretation ist frei!» :-) Die Leser im Forum waren begeistert und warteten auf Fortsetzungen. Ich konnte mich dem Wunsch vieler Leser und vor allem vieler Freunde nicht mehr entziehen und habe nun mein erstes Buch mit Bashiri's Abenteuern fertiggestellt.

Bashiri, mein Futzemännchen, ich danke dir!

Selbstverständlich möchte ich an dieser Stelle auch meine Dankbarkeit allen Geschwistern von Bashiri aussprechen, ohne deren Zutun nie so schöne Schnappschüsse und daraus resultierende actionreiche Geschichten hätten entstehen können. Alle haben gleichermaßen zu meiner Inspiration beigetragen. Danke Bellana, Bayenne, Betsy-Ann, Be my Finn und Be my Paul!

Bei allen dazugehörigen Herrchen und Frauchen bedanke ich mich für die Erlaubnis die Bilder von ihnen und ihren Welpen veröffentlichen zu dürfen. Habt Dank dafür!

In höchster Schuld stehe ich bei meinem Sohn Björn, denn er hat mich in vielen, vielen Stunden entweder telefonisch oder persönlich unter Zuhilfenahme von vielen Litern Kaffee in das supermoderne Schreibprogramm eingewiesen. Ganz schnell, d.h. eigentlich schon am Anfang, war ich mit meinem Latein am Ende. Nachdem ich alleine zwei Tage gebraucht hatte um eine Musterseite einzurichten, stand Björn mir immer und mit unermüdlicher Geduld zur Seite. Das Schreiben und Einsetzen der Fotos bereitete mir keine Schwierigkeiten, aber wenn es um Formatieren oder Layout ging, war er eine unersetzliche, große Hilfe, ohne ihn hätte ich nichts zustande gebracht. Außerdem ist er verantwortlich für das wunderschöne Cover dieses Buches, welches mir ausgesprochen gut gefällt! Danke, mein Großer!

Ganz besonders hat es mich gefreut, dass zwei meiner Freundinnen, Sylvia Sponholz und Ulrike Mönnich, die Vorwörter für dieses Buch geschrieben haben. Bei Sylvia möchte ich mich zusätzlich für das wunderschöne Foto ihres Deckrüdens Dreamweaver of Redpine bedanken.
Danke Sylvia!
Beiden Freundinnen gilt meine Dankbarkeit für diesen wunderschönen und charakterstarken Rüden Bashiri, der erst durch die Verpaarung von Dreamweaver of Redpine und Cimberley my Fame Story entstehen konnte. Ich bin unendlich stolz darauf, dass er mir von Ulli für den weiteren Lebensweg anvertraut wurde.
Danke Ulli!

Last but not least möchte ich meine langjährige Freundin Anne Wanke erwähnen, die sich über Stunden meine Bedenken bezüglich der Veröffentlichung des Buches anhören musste, mir mit ihren Ratschlägen den Rücken sehr gestärkt hat und letztendlich meine Lektorin war.
Danke Anne!

Ganz zum Schluss verspreche ich meinen übrigen vierbeinigen Hausgenossen sie in der nächsten Zeit mit noch mehr Liebe zu überschütten, denn sie haben am meisten darunter zu leiden gehabt, dass ich über Stunden am PC saß und unser obligatorisches Rudelknuddeln ein bissel zu kurz kam. Ich hoffe, ihr könnt mir verzeihen!
Danke Atreju, Marcello, Ronja und George Clooney!

Mit Erscheinen des Buches wird auch Bashiri's eigene Webseite Einzug im Internet halten. Ebenso wie das Cover wurde sie von meinem Sohn Björn entworfen. Dort werde ich die aktuellsten Ereignisse vermerken und wer mag, darf sich gerne dort umgucken und einen Pfotenabdruck hinterlassen. Bashiri und ich würden uns sehr freuen!

www.Bashiris-Welt.de

Juten Tach,

ich binnet … der Bashiri!

Mystery snowflake in spring Bashiri um genau zu sein.

Ich bin ein Golden Retriever Rüde und zähle mit meinen jetzt sechs Monaten zu den Junghunden. Meine Jagdgründe liegen in der wunderschönen Eifel und ich hoffe, dat ihr meinen mit Kölsch versetzten Eifel-Slang verstehen könnt. Für die *Imis*, (imitierte oder unechte Kölner oder Eifeler, die der kölschen Sprache nicht mächtig sind) hab ich manche sehr speziellen Ausdrücke sofort übersetzt. Mein engster Dunstkreis besteht aus meiner Menschen-Mama Elke, meinem Menschen-Bruder Patrick, meinem großen Bruder Mystery snowflake in spring Atreju, meinem aus Spanien importierten Bruder Marcello vom Ballermann und dem Maine Coon Geschwisterpaar Ronja und George Clooney. Gelegentlich kommen auch mein großer Menschen-Bruder Björn und seine Frau Britta mit meinem anderen großen Bruder Mystery snowflake in spring Adam auf'n Käffchen vorbei. Dat freut mich immer besonders, denn die kann ich auch alle baschtich (sehr) gut leiden. So, dat erwartete Rumgeschmuse hätten wir abgehandelt und jetzt geht's los! Ich werde euch von meinen ersten acht Lebenswochen bei meiner Ommmma erzählen und wat hier alles so abging, hier war richtig wat gebacken. Also, holt euch nen Kaffee, nehmt euch nen Keks und macht's euch gemütlich!

Alles fing damit an, dat meine Menschen-Ommmma Ulrike Mönnich gerne noch mal Babies von ihrer Hündin Cimberley my Fame Story haben wollte. Der erste Wurf, zu dem auch meine Brüder Adam und Atreju gehören, war 1 ½ Jahre alt und sowohl Ommmma als auch Cimberley fühlten sich *babylos* net wohl. Ommmma hat Ausstellungen besucht, die Zeitung des Retriever Clubs durchblättert und Zuchtbücher gewälzt, um *den Superrüden* für Cimberley zu finden. Sie hat die Jungs alle ganz genau auf HD- und ED-Ergebnisse (Hüftgelenk- und Ellenbogendysplasie), ihr Wesen und ihr Aussehen überprüft. Ommmma war sehr pingelig, nur der Beste, Schönste und Wesensfesteste sollte zum Zug kommen. Dann wurde sie fündig! Dreamweaver of Redpine war der Auserwählte, er sollte der Papa von Cimberley's Welpen werden. Dreamweaver hatte schon mehr Frauen beglückt und erst recht mehr Nachkommen gezeugt als Heinrich VIII. in seinem gesamten Leben und er sollte es sein! Jetzt brauchte sie nur noch auf Cimberley's Läufigkeit zu warten. Bei Hundemädchen is dat nur ein oder zwei Mal im Jahr, im Gegensatz zu Menschen, die sind ja immer läufig. +grins+ Als et soweit war, packte Ommmma sie ins Auto und ab ging's in den hohen Norden zu Sylvia Sponholz nach Nortorf in die Wilstermarsch. Sylvia lebt dort mit ihrem Mann Uwe und 13 Golden Retrievern! Ommmma Ulrike hat auch nen Mann, den Oppppa Joachim, drei Kinder, Alina, Robin und Tobby, und bis zu dem Zeitpunkt erst 3 Retriever … aber dafür ein riesiges Schwimmbad, wo sie sowohl Menschen als auch Hunde reinstoppt. Gott sei Dank konnten Dreamweaver und Cimberley sich gut leiden und haben sofort beschlossen: «Wir machen Babies!» Gesagt, getan! Dat war genau am 04.01.2007 und Ommmma fuhr am 07.01. mit einer, so hoffte sie, schwangeren Cimberley wieder nach Hause. Jetzt mussten Ommmma und Cim ca. 65 Tage warten, bevor sie sehen konnten, wat bei der Verpaarung rauskommen sollte. Cim wurde dicker und dicker und ab dem 60.Tag wurde Ommmma nervöser und nervöser. Aber Cim hielt sich konkret an die schulbuchmäßigen Vorgaben und am 65. Tag war's dann soweit. Am 10.03.2007 vormittags ging's los. Leute, merkt ihr wat? So langsam komme ich ins Spiel!

Boah, dat war mittlerweile sowat von eng in Mama Cim's Bauch. Ich dachte nur noch: «Raus hier! Nix wie raus anne frische Luft!» und drängelte Richtung Ausgang. Hier war wat los wie am Stadioneingang bei nem Konzert von Tokyo Hotel, nur mit dem Unterschied, dat hier alle raus wollten. Ommmma machte alle Zwei- und Vierbeiner um sich rum bekloppt und hatte ne Standleitung zu Sylvia aufgebaut.

9

So konnten sich beide Ommmmas gegenseitig noch bekloppter machen. Un dat ohne Flatrate! Oppppa hatte Cim ne schöne, große, kuschelige Wurfkiste aufgestellt … Moment, hier wird nix geworfen … dat heißt im Fachjargon so. Wenn Hundebabies auf die Welt kommen, sagt man, sie werden geworfen! Ommmma thronte nervös, schwitzend und unausgeschlafen auf mindestens 1000 frisch gewaschenen Handtüchern neben Cim in der Wurfkiste und alle harrten der Welpen, die da kommen sollten. Mama Cim hechelte und presste, Ommmma schwitzte und telefonierte und ich schob und wurde geschoben, trotzdem hab ich's net als Erster geschafft. Immerhin wurde ich Dritter! Bei der Geburt von Welpen is dat so üblich, dat jeder Welpe je nach Geschlecht farbig markiert wird. Sinnvoll is hierbei, dat man, wie Anno dunnemals eingeführt, für die Mädels rot und für die Jungs blau nimmt. Ommmma hat ihren tollen Nagellack rausgerückt und dem ersten Welpen nen roten und dem zweiten nen blauen Klecks mitten auf'n Kopp gemacht. Dann kam ich und mir hat se nen blauen Klecks auf'm Hals verpasst. Zwischenzeitlich teilte Sylvia im Forum von Ommmma's Webseite den aktuellen Stand der Dinge mit, weil die potentiellen Welpenkäufer und die Sowieso-und-an-Allem-Interessierten sich dort aufhielten und auf Neuigkeiten warteten. Am Nachmittag war alles überstanden und Ommmma vermeldete im Forum, dat vier Rüden und drei Mädels dat Licht der Eifel erblickt haben. Leider war ein Rüde tot geboren worden und ein Mädel ist ein paar Tage später verstorben. So waren wir nur noch sechs Welpen. Ommmma und Cim waren darüber sehr traurig, aber sie hatten soviel mit uns anderen zu tun, dat sie net großartig Zeit zum Trauern hatten. Uns verbliebenen Geschwistern ging's supergut! Wir konnten zwar noch nix hören oder sehen, aber dafür haben wir unsere 220 Millionen Riechrezeptoren geschult! Ok, Ommmma hat uns anfangs geholfen und uns an Mama Cim's Bar gelegt. Aber später haben wir den Weg ganz alleine errochen! Wir hatten alle genügend Platz und jeder von uns bekam die Gelegenheit jeden Zapfhahn mal auszuprobieren. Richtige «Knubbeledötzje» (dicke Kinder) waren wir. Ich bin übrigens der Zweite von rechts, der mit dem Kopp nach unten! Ganz rechts liegt Be my Finn, links neben mir liegt Be my Paul, dann kommen Betsy-Ann, Bayenne und ganz links Bellana. Die Namen sollten aber erst viel später zugeteilt werden.

Hier seht ihr unsere schöne und von uns allen geliebte Mama Cimberley. Dat is en richtig lecker Mädchen! Kein Wunder, dat sich Dreamweaver sofort in sie verliebt hat!

Und passt auf, jetzt kommt der Knaller! Dat is unser Papa! Dreamweaver of Redpine! Dat is ein Brocken, wat? Und guckt mal, wie der da steht!

Super, nä? Wat der arrogant gucken kann!

Dat wollte ich auch üben. Also, net sofort … ich musste erst die Augen offen haben!
Ich war doch erst fünf Tage alt
!

Apropos Augen offen haben! Unsere Ommmma hatte bei unserer Geburt einen Knick in der Optik und offensichtlich auch die Augen net richtig auf. Eigentlich hätte ich den ersten blauen Punkt auf'n Kopp bekommen müssen, denn Ommmma hatte sich in der Hektik der Geburt verguckt und net gesehen, dat net nur dat erste Baby ein Mädel war sondern dat zweite auch! Sowat Doofes! Urommmma Inge, Cim's Menschen-Mama, hatte entdeckt, dat dem vermeintlichen Jungen da unten wat fehlte. Also bekam der Welpe noch nen roten Korrekturpunkt auf'n Popo.

Meine spätere Mama hatte sich schon richtig in den vermeintlich *kleinen Jungen* verliebt. Als Urommmma Inge im Forum die Geschlechtsumwandlung verkündete, war meine Mama schwer enttäuscht, sie wollte nämlich nur nen Jungen zu sich nach Hause holen. Sie sagte: «Ich hab dat nicht so mit den Weibern! Ich bin ein Rüdenfreak!» Sie hatte zu diesem Zeitpunkt ja schon zwei Jungs zu Hause und dazu ein Mädel? Dat wollte sie sich net antun. Außerdem wusste sie ja wohl, wie Mädels so sind … sie ist ja selber eins! Zwar ein älteres, aber immerhin! +kicher+

In unserer Wurfkiste war dat schön kuschelig und gemütlich und anfangs haben wir wie alle kleinen Babies noch ganz viel geschlafen. Wir haben entweder schön nebeneinander gelegen …

aber meistens «Knubbel op Hoof» (Knubbel auf Haufen … ich weiß, is ne doofe Übersetzung!)

Jetzt stell ich euch aber erst noch schnell den Rest meiner tierischen Familie in Ommmma's Haushalt vor. Dat is mein Onkel Barnaby my Fame Story. Er ist der Bruder von Mama Cim und ein ganz Lieber.

Hier seht ihr meine Schwester Mystery snowflake in spring Amy-Lee. Dat is vielleicht ne Hübsche! Manchmal guckt sie nur, als hätte sie gerade den Untergang der Titanic mitsamt «Leonardo dem Cabrio» miterlebt. Meine spätere Mama wollte Amy schon des Öfteren die Telefonnummer vom Tierschutz geben, wenn sie diesen Blick drauf hatte!

Wir waren ne eingeschworene Bande, lagen mitten in Ommmma's Wohnzimmer inner Wurfkiste und da wir noch nix hören oder sehen konnten, hat uns dat ganze Drumherum nicht die Bohne interessiert. Dat Telefon konnte klingeln, die großen Vierbeiner bellen, Ommmma Staub saugen, Robin und Alina sich streiten, Tobby draußen am Moped den Gashebel bis zum Anschlag aufdrehen … dat machte uns knapp die Hälfte! Wenn Mama Cim zu uns in die Kiste stieg, spürten wir die Bewegungen und sofort schlich jedem der Geruch der geöffneten Milchbar in die Nase. Wir waren echte «Milcaholics»! Mittlerweile waren wir 10 Tage alt und Mama Cim leckte uns nach dem Fressen den Bauch. Wir lachten uns bald kaputt, wenn sie dat machte. Dat killerte wie jeck! Aber es regte die Darmtätigkeit an, damit wir besser sch… ähm, sorry, AA machen konnten.

Hach … fressen, ein bissel spielen, AA und Pipi machen, killern lassen und dann wieder schlafen, dat war ein Leben! Mama Cim und Ommmma waren ganz Pingelige und bemühten sich sehr unsere Wurfkiste sauber zu halten. Wenn wir wieder viele gelbe Flecken auf'er Decke hinterlassen hatten, hat Ommmma uns rausgenommen, in ein Körbchen gesetzt und frische Decken inner Kiste drapiert. Wat muss die auch so blütenweiße Unterlagen da reinlegen … die weiß doch, wie Welpen sind! Selber schuld!
Ommmma's Radio dudelte den ganzen Tag und unter Berücksichtigung unserer noch nicht so ausgefeilten Feinmotorik wagten wir schon mal das eine oder andere unbeholfene Tänzchen. Damals quietschte Dieter Bohlen *Geronimo's Cadillac* und ich war wie elektrisiert. So nen Cadillac wollte ich auch mal haben! Wie schaffte der Bohlen dat bloß? Der juchzte hier rum, störte uns beim Schlafen, leistete sich die tollsten Autos und die schärfsten Frauen … und ich? Ich lag mit fünf Geschwistern und meiner Mama inner Holzkiste und konnte noch net mal richtig laufen geschweige denn Auto fahren! Gemein sowat! Und so einer wie der Bohlen schreibt auch noch ein Buch! Ph! Ein Buch?!

Mir isset wie Schuppen aus'm Fell gerieselt! Den Cadillac im Kopp, die gelb gesprenkelten Decken unter mir und angelehnt an eine Erzählung von Heinz Erhardt schwor ich mir: «Ich will dichter werden!» Also … dichter mit großem D vorne! Dat isset! Dat is der Hammer! Ich hab sofort intellektuelles Gucken geübt.

Na kommt, dat war doch für'n Anfang net schlecht. Hier hatte ich erst seit 7 Tagen die Augen offen und die wollten oft noch net so wie ich! Mein Kopp übrigens auch net! Aber Übung macht den Meister … ich üb jetzt jeden Tag. Und wenn ihr mal richtig hinguckt … ich finde, Marcel Reich-Ranicki, der Literaturpapst, sieht mir sehr ähnlich! Naja, ich hab keine Brille! Aber ansonsten … +griemel+
Seit ich die Augen offen hatte, konnte ich langsam aber sicher immer mehr erkennen, wer außer Mama Cim, Ommmma und deren Familie immer so häufig in unsere Kiste krabbelte um uns Welpen zu sitten. Dat war so ne Große mit «Wallelocken» auf'm Kopp, die Elke. Hier isse!

Cool oder? Endlich konnte ich sehen, wem die mir schon bekannt tiefe, beruhigende Stimme gehörte und wer zu allem Überfluss auch nach Kollegen roch, die ich net kannte. Als ich das erste Mal ihre *Mähne* sah, dachte ich: «Dat issen Löwe!» Aber dann fiel mir ein, dat ich ja noch gar keinen Löwen kannte und war erleichtert! Wir *Schneeflöckchen* haben sie belagert, wenn sie bei uns war und ich hab mich sofort in sie verguckt! Und da sie – nach der Geschlechtsumwandlung von Betsy-Ann – wieder offen war in ihrer Entscheidung, sah ich meine Chance gekommen. Die wollte ich mir unter'n Nagel reißen! Ich hab mich von meiner besten Seite gezeigt, ihr zärtlich mit meinen kleinen, spitzen Zähnen inne Zehen gekniffen und dabei kleine, blutige Löcher hinterlassen, mich schmusig in ihren Haaren verbissen, bis sie mich raus schneiden mussten, mich voll ins Zeug geschmissen und immer aufgepasst, wann sie zu uns inne Kiste kam. Dann bin ich zu ihr *hinretrievert* (hin*dackeln* konnte ich ja schlecht!), wenn die Anderen noch schliefen und da war ihr klar, dat ich ihr *Futzemännchen* sein musste! +jubelhüpffreudoppeltenSaltoschlag+

Mein großer Bruder Atreju hat dat damals genau so gemacht. Daran hat sie sich erinnert und es hat ihr sogar ein paar Tränchen inne Augen getrieben … abba Freudentränen! Hier sagt man: «Troone, die de lachst, bruchste net zo kriesche!» (Tränen, die du lachst, brauchst du nicht zu weinen)

Hier seht ihr meinen Bruder Atreju im Alter von 5 Wochen und dahinter liegt mein Bruder Adam. Sind auch propere Kerlchen, wat?! Bei denen ging damals richtig die Post ab, die waren nämlich zu 11 Geschwistern.

Hey, jetzt war ich der Erste, der unter der Haube war! Weil wir der zweite Wurf von Ommmma bzw. Cimberley waren, mussten unsere Namen mit B anfangen. Den Namen Bashiri hatte Elke schon ausgesucht … und jetzt hatte sie den passenden Jungen dazu! Boah, wat hat meine Mama nach Namen gesucht, meine Herren! Bis nach Afrika hat se gesucht. Es durfte abba auch net einfach son Namen sein, nein, sie wollte auch immer eine Bedeutung des Namens wissen. Dat ganze Internet hat se strubbelig gemacht und tausende von Namen immer laut ausgesprochen um ihre dabei entstehenden positiven oder negativen Schwingungen zu empfangen. +Augen verdreh+ Bei so vielen Namen sind ihre Stimmbänder natürlich voll inne Wicken gegangen. Dabei wäre dat mit'm Namen so einfach gewesen. Wenn man dat folgende Bild von mir sieht, liegt der Name doch auf der Hand oder?

Nä,net *Presswurst* ... und auch net *Knödelchen*! Falsch! +Kopp schüttel+ Bashiri bedeutet *der Voraussager*, müsste doch jedem klar sein bei dem Blick! Bashiri ist ostafrikanisch und die Sprache ist Suaheli! Ich war jetzt Mystery snowflake in spring Bashiri! Also, ich finde den Namen sehr schön … auf jeden Fall besser, als wenn sie mich Burkhard oder Bernd-Günther oder vielleicht noch Benjamin Blümchen genannt hätte! So, wie ich meine Mama mittlerweile kennen gelernt habe, hätte dat ohne Weiteres passieren können. Mit dem Namen Bashiri hab ich ein Riesenschwein gehabt! Hier taufte sie mich auf meinen zukünftigen Namen und glaubt mir, im Geiste hab ich mir den Schweiß vonner Stirn gewischt.

Mama sagte mir meinen Namen immer wieder langsam vor. *Ba-shi-ri*. Dann hatte ich verstanden, dat ich mir nur Bashiri merken musste, denn dat andere Gedöns davor is der Züchtername von Ommmma … und Hunde duzen sich eh untereinander. Ich hab meinen Namen nachgesprochen und nachher immer wieder laut ins Wohnzimmer geschmettert. «**Halloooooooooo, ich binnet … ich heiß jetzt Bashiiiiiiiiiiiriiiiiiiiiiiii! Nänänänänäääänä!**» +den Anderen ne lange Nase mach+

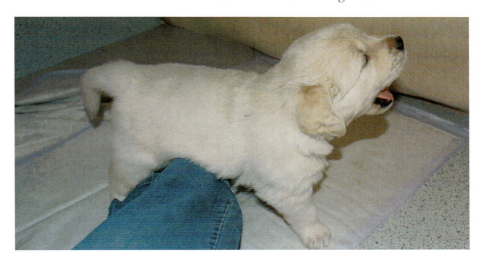

Meine Geschwister waren vielleicht neidisch, die wollten nämlich auch endlich irgendwie heißen! Jetzt, wo ich nen Namen hatte, hab ich schon mal für die Ausstellung geübt, mich selber laut angekündigt: «Nächster … Mystery snowflake in spring Bashiri!» und dann richtig in Positur gestellt. Und wenn ich doll übe, kann ich bald so astrein stehen wie mein Papa Dreamweaver! Jawoll! Guckt!

19

Boah, Leute … hier war wat los! Fremde Menschen standen auf einmal um unsere Wurfkiste herum und machten: «Ah!» und «Oh!» und «Nä, wie süüüüß!» Einer hat nen langen Stab festgehalten, wo vorne son dickes, schwarzes Plastikwürstchen montiert war und wir net dran kamen zum Reinbeißen. Ein anderer Mann hatte nen riesigen, schwarzen Kasten vor'm Kopp und ne Frau war auch noch dabei. Die hatte nix vor'm Kopp, die hat nur geredet. Der mit dem schwarzen Kasten nahm dat Ding runter und hielt es bedrohlich nahe. Ich dachte noch: «Auweia, wenn der dat fallen lässt!» Aber alles is gut gegangen. Meine Mama Elke hat uns aufgeklärt. Die fremden Leute waren vom Fernsehen, vom WDR, und wollten Ommmma mit ihren Hundepatienten im Schwimmbad filmen.

Aha! Hm! Fernsehen! Ne, is klar! Wenn die doch so fern sehen konnten, warum sind sie uns dann so nahe gekommen? Und wat heißt überhaupt WDR? «Wenn, dann richtig?» «Welt der Rüden?» «Wirkung der Relativitätstheorie?» Ich weiß et nicht! Irgendwann hat mich die Müdigkeit *überwelpt* und ich bin eingeschlafen. Ich lag total unbequem und hatte prompt am nächsten Tag *Rücken*, wie Horst Schlämmer sagen würde … abba, Leute … ich konnte net mehr … ich war sowat von feddisch! Da war Schluss mit Lustig! «Weißte Bescheid, Schätzelein!» +schnarch+

Mama Cim ging's net besser …

und Bellana war ratsch da umgefallen, wo sie stand. Dat die mal freiwillig die Klappe hielt … es geschahen noch Zeichen und Wunder!

Betsy-Ann konnte sich noch net entscheiden, ob sie eher neugierig oder müde war…

und Bayenne streckte noch mal allen Fernsehleuten die Zunge raus, bevor sie ins Koma fiel.

Jeden Tag machten wir Fortschritte in unserem Leben. Dat heißt, weniger Schritte, eher viele Schlidderpartien, denn die große, weite Welt von Ommmma's Wohnzimmer stand uns ab sofort für Erkundungen offen! Sie hatte die Wurfkiste aufgemacht und wir standen plötzlich auf Fliesen, die härter, kälter und vor allem rutschiger waren als unsere Decken inner Wurfkiste und wir probierten erst mal rum, wie et sich da so läuft oder sitzt. Dat war anfangs gar net so einfach und wir machten oft unfreiwillige Liegestütze, weil die Hinterbeine sich auf einmal ganz wo anders befanden als vorher.

Dat Laufen auf den Fliesen erforderte sehr viel Kreativität im Bezug auf Fortbewegung und gänzliche Neuordnung unserer Gliedmaßen. Jetzt hätten wir Hundeantirutschsocken mit putzigen Pfotenstoppern auf der Laufsohle gebrauchen können ... abba die gibbet ja leider noch net. Vielleicht kann die mal jemand erfinden! Ich hatte zumindest schnell herausgefunden, dat ich mich mit'm Popo prima an nem großen Blumenpott abstützen konnte, ...

aber meine Schwester Bayenne musste mich natürlich zum Abbremsen nehmen. Den zickigen Weibern waren wohl die Fliesen zu kalt am Bauch!

Als sie müde wurde, bin ich ein bissel vorgerutscht und hab sie mit unnachahmlicher Eleganz +hämisch grins+ nach hinten abgleiten lassen! *Platsch!* «Rutsch mir doch den Buckel runter!»

Bruder Paul genoss die Kühle am Boden und durfte ohne Schwester auf'm Rücken schlummern.

Wir kamen relativ schnell klar auf den Fliesen und Ommmma hatte zusätzlich ja auch noch Kuscheldecken ausgelegt, die wir während unserer Rutschpartien anvisieren konnten. Diese wurden natürlich von den Weibern aufs Heftigste verteidigt. Kaum näherte man sich, ging dat Palaver los! Hier machten rechts Bellana und links Bayenne Front, weil ich abging wie ein Zäpfchen, meinen schnellen Lauf net mehr bremsen konnte und mit auf die Decke wollte!

Bellana, «dat Knaatschpöttche» (weinendes Kind), brüllte sofort los, womit ein Hörsturz unvermeidlich war. «Ommmmaaaaa! Bashiri is doof, der zankt widdaaaa!» Sie hat sich immer fürchterlich aufgespielt. Sie sollte ja als neues Familienmitglied bei Ommmma bleiben … damit wurde Ommmma gleichzeitig ihre neue Mama … und sie hat ihre Position voll ausgenutzt!

Paul verkündete in seiner ihm eigenen trockenen Art: «Boah, die Wiever han doch ene Ratsch em Kappes! (Die Weiber sind total bekloppt! sehr frei übersetzt) Dat Theater mach ich net mit!» und legte sich weiter weg. Als ich ihn so vom Profil sah, dachte ich nur: «Hoffentlich wird *die* Nase mal gerade!»

Wir hatten nämlich vorher gespielt und ich hatte ihm voll eine auf die Zwölf gezwiebelt. Jetzt sah er aus wie Sven Ottke nach nem Kampf über die volle Distanz. Ihr müsst wissen, dat Paul ne «richtije Fänningsvützer» (Pfennigfuchser) war! Immerzu rannte er rum, zählte dat Spielzeug nach, kontrollierte die Decken auf Sauberkeit und Anordnung, machte Ommmma Meldung, wenn sich einer von uns daneben benommen hatte ... der hat sogar jeden Tag Mama Cim's Zapfhähne nachgezählt und auf Funktionalität überprüft! Dat müsst ihr euch mal weg tun! Alles musste bei ihm seine Ordnung haben. Hätte nur noch gefehlt, dat er sich beim Essen «ne Schleeverlappe» (Schlabberlätzchen) umband! Wen wundert's, dat er später zu nem Finanzbeamten namens Karl-Heinz alias Kuddel ins Haus kam?! Ich nahm Anlauf und rutschte schnell zu Bruder Finn, mit dem ich immer die neuesten Witze austauschte. Meine Herren, wat haben wir oft gelacht!

Leute ... wat Schlimmes war passiert! Meine Mama war einäugig geworden!
Ich sah sie nur noch mit'er Kamera vorm Gesicht! Und drei Mal dürft ihr raten, wen die damit geknipst hat. Jenau! Mich! Ich lief rum, dachte an nix Böses und schon machte dat wieder *Klick!* Ich mochte Mama wirklich gern, aber dat ging mir dann doch gefährlich auf den Zeiger. Und dann dat Getue immer! «Haste gesehen, wat der jetzt widda gemacht hat?» «Guck mal, wie der widda guckt!» «Und jetzt ... wie der läuft ... nä, wat süß!» «Kumma, er muss schon wieder Pipi!» Meine Mama entwickelte sich langsam aber sicher zu ner Mamarazza. Im Forum veröffentlichte sie eine Story nach der anderen und ich hatte schon nen richtigen Fanclub. Gott sei Dank sind die net mit Transparenten bei Ommmma aufgelaufen! Naja ... ich muss ja zugeben ... ein bissel stolz war ich schon! +rotanlauf+

In Fankreisen nannte man mich wegen meines wallenden Haupthaares «Punker» oder liebevoll «dat Lockeköppche» (Lockenköpfchen). Find ich voll cool den Namen!

Mittlerweile war's richtig schön draußen und wir durften jetzt in den Garten. Oppppa hatte vor dem Gartenhäuschen einen superduperguten, voll krassen Abenteuerspielplatz für uns abgesteckt, wo wir nach Hundeherzenslust toben durften. Wir durften uns unter dem Rhododingsbums kabbeln …

oder im Gartenhäuschen unter Ommmma's alter Eckbank. War zwar en bissel eng für uns Sechs, aber schön. Wie ich schon erwähnte, am liebsten lagen wir halt immer noch «Knubbel op Hoof»

Hier konnte ich aber auch einfach im Schatten liegen und meine Hundeseele baumeln lassen. Vorausgesetzt, meine Schwestern gönnten mir mal ne Baumelpause! Schwestern meinen ja immer, sie müssten ihre Brüder rumkommandieren, an ihnen rumzubbeln oder sie ärgern. Und glaubt mir, dat hatten meine drei Tussen auch drauf ... abba total. Echt ätzend!

Wir wurden von Ommmma aber auch zu sozialem Engagement (boah, wat ich schwere Wörter kenne!) und Mithilfe im Haus und Garten angehalten. Voller Eifer halfen wir Ommmma beim Putzen …

und passten auf, dat sie sich auf dem nassen Boden net lang machte. Uns war keine Gefahr zu groß und wir stützten ihre Füße von unten todesmutig ab und sicherten ihre Schlappen. Weiß doch schließlich jeder, dat mit Schlappen im Haushalt die schlimmsten Unfälle passieren! Ihr wisst schon! Wenn Ommmmas fallen, dann haben se immer Oberschenkelhalsbruch oder sowat! Und wenn bei unserer Ommmma Oberschenkel und Hals gebrochen wären … auweia, wir wollten gar net dran denken!

Tja ... und wer kontrollierte denn da wohl, ob Ommmma auch dat biologisch abbaubare Reinigungsmittel nimmt? Natürlich Paul! Wobei der nur nach dem blauen Engelchen geguckt hat, der konnte nämlich noch net lesen, der Angeber.

Ich fühlte mich oft so ... hach ... nun ja, so komisch! Mich ließen sie wieder auf nem Berg Decken sitzen, die ich alle verteilen und ordentlich hinlegen sollte. Ich war der Master of Desaster!

Aber schließlich legte ich die Decken wieder auf ihren Platz und zog sie schön gerade. Außerdem wollte ich Bruder Paul ja net enttäuschen! Bellana, die Vorarbeiterin, ging mit mir von Decke zu Decke. Abba glaubt ja net, dat die nur einmal mit angepackt hätte! Nä! Dat Frollein hat nur wieder rumgemeckert, weil hier ne Ecke net mit den Fliesenfugen übereinstimmte oder da noch ne Falte drin war, die ich glatt machen musste! Ich hab nachher ihr Rumgezeter mit den Worten beendet: «Wenn du mal älter wirst und auch Falten bekommst, dann sach Bescheid, die klopp ich dir dann auch platt, du Kratzböösch!» (Krätzbürste)

Mann, dat war mir doch sowat von egal, ob die Decke jetzt Falten hatte oder net. Ich hab et mir überall gemütlich gemacht.

Och, nu guck! Ich kann nimmi! (Ich kann nicht mehr!) Dem Madämchen isset auf einmal auch Schnuppe, dat da Falten sind. «Da kammer sich schön dran abstützen, wenn mal kein Bruder in der Nähe is, nä, Leevje? (Liebchen)

Wenn ich müde war, konnte ich sogar auf'er Nase einschlafen. Ich hab dann zwar geschnarcht wie Oppppa nach nem Kneipenbesuch, aber dat hat mich net gestört und Oppppa in besagtem Stadium übrigens auch net! +breit grins+

Einer von uns Jungs wurde immer unter'n Kamin geschickt, wo wir die Ecken entflusen mussten. Die Weiber sind da natürlich net drunter, da hätte ja ne Spinne sein können!

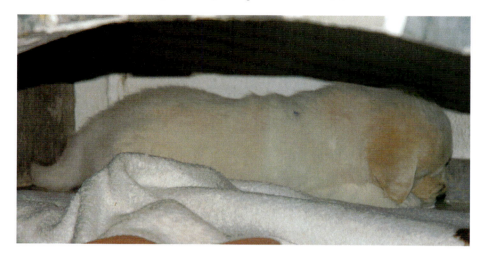

Ommmma meinte, wir sollten später mal Begleithunde werden. Wat dat genau sein sollte, wussten wir net … nur so ungefähr. Mit Paul hab ich deshalb schon mal geübt, wie man alte Leute abstützt und sie behutsam über die Straße führt. Ommmma hat gesagt, dat wir dat abba nur machen dürfen, wenn die alten Leute dat auch wirklich wollen und wenn die Ampel grün zeigt!

Zu meinen Gartenaufgaben zählte unter Anderem dat Sauberlecken der Stufen vom Häuschen …

ich musste Tannennadeln aufsammeln …

Unkraut jäten …

und Plüschquietschknochen testen!

Wir hatten manchmal ne Menge Arbeit und dat Meiste blieb an uns Jungs hängen. «So'n Garten will gepflegt sein», sagten Ommmma und Oppppa immer. Gott sei Dank hatte ich mich früh genug dazu entschlossen Dichter zu werden und net Landschaftsgärtner. Im Garten spielen fand ich total ok, aber die Arbeit darin voll doof. Ich hatte nun mal keinen grünen Daumen, das heißt, so gesehen hatte ich gar keinen richtigen Daumen. +grübel+ Auf jeden Fall war fühlte ich mich zu Höherem geboren. Als Autor hatte ich immer noch die Möglichkeit über Gartenarbeit zu schreiben und eventuell Tipps und Tricks zu verraten!

Während ich so vor mich hin sinnierte, versuchte Betsy die Kameratasche von meiner Mama aufzufressen. Die hatte echt mit nix wat am Hut!

Bellana, Ommmma's Prinzesschen, durfte mit Bayenne auf den Stufen sitzen und unsere Arbeit überwachen. Typisch Weiber!

Sie saßen da wie die Gräfinnen von Rotz und delegierten nur! Tourmäßig hatten sie an allem wat auszusetzen und nix war gut genug. Ich habe Bellana und Bayenne oft nachgeäfft: «Dat is abba noch net sauuuuuber! Da musste abba noch mal drüüüüber geeeeeeeeeeehn!» Die Beiden haben immer so affektiert gesprochen und die Wörter so lang gezogen. Aber gebracht hat mein Reden nix. Bellana rümpfte nur abfällig die Nase, drehte sich um und schritt hoch erhobenen Hauptes wie Queen Mum persönlich davon! Bayenne als Kammerzofe natürlich hinterher.

Dann hat Bellana Studien an dem blöden, toten Huhn betrieben und herausgefunden, dat dieses Huhn *da unten* quietscht. Na doll! +Augen verdreh+ Prompt kam sie angelaufen und meinte besorgt: «Kumma, Bashiri, dat Huhn hat da wat, dat macht ganz komische Geräuuuuusche!» «Ja, ja, Bellana, komische Geräusche! Jetzt, wo du's sagst, riech ich dat auch!» Und schon zog sie beleidigt ab. +grins+

Dat mit'n Geräuschen hatte ich doch im Wohnzimmer schon rausgefunden …

und dem gelb-roten Ding später im Garten mal gezeigt, wo der Frosch die Locken hat, bzw. dat Hühner da unten net zu quietschen haben!

Finn hatte sich mal wieder zurückgezogen um den *Lady-Diana-Gedächtnisblick* zu üben. Sauber, Finn, sauber! Seid mal ehrlich, hätte der net glatt als Mädchen durchgehen können? Ich glaub, der hing bissel viel mit Amy rum, den Blick hatte die ja auch drauf! «Finn, du bes enfach e Hätzblättche!» (du bist einfach ein Herzblättchen)

Wenn Finn da saß und übte, bekam ich jedes Mal nen Lachkrampf und prompt danach «d'r Schlecks» (Schluckauf). Wer in der Eifel Schluckauf hat, muss sagen: «Ich han d'r Schlecks, ich han d'r Schlecks, ich han en sebbe Johr jehat - drejmool höngerenander jesaht un d'r Schlecks es fott!» (Ich hab den Schluckauf, ..., ich hab ihn sieben Jahre gehabt - dreimal hintereinander gesagt und der Schluckauf ist fort!) Und soll ich euch wat sagen? Dat hilft!

Oft haben Finn und ich so getobt und gelacht, dat er nachher total feddisch war und ich ihn durchs Wohnzimmer schieben musste.

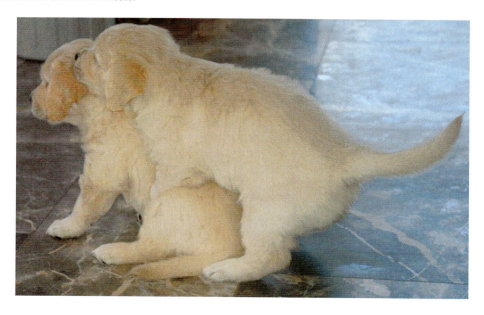

Mittags ging's wieder raus innen Garten. Mama Cim ließ uns nun seltener an die Bar, denn wir bekamen zusätzlich schon Quark oder Hackfleisch. Aber wir genossen jede Minute mit und an unserer Mama.

Im Garten haben wir fast jeden Tag wat Neues entdeckt. Naja, die Mädels kamen ein bissel langsamer auf Touren. Die wollten erst mal immer nur dat haben, wat wir Jungs gerade hatten. Vor allem Bellana hat genervt. Ich hatte mir z.B. nen Stock besorgt, den sie sonst mit'm Hintern net angeguckt hätte.

Und wat passiert? Sie wollte *genau den* haben! Sie gab natürlich keine Ruhe und bestand darauf: «Ich hab den außerdem zuerst geseeeeeehn!»

«Gut», dachte ich, «besorgste dir wat Anderes!» Aus den Augenwinkeln hat se mich abba schon widda beobachtet und geguckt, wat ich mir wohl als Nächstes an Land zog!

Tja ... no comment!

Kurze Zeit später, ich war gerade dabei den Weg zu fegen, fing Bellana an zu blöken. Meine Herren, die hat vielleicht ein Organ! Ich hab mich ja sowat von erschrocken und sofort den Besen fallen lassen!

Angeblich vermisste sie Ommmma, hockte auf den Stufen und schluchzte pseudotraurig vor sich hin. Dabei wollte sie nur Ommmma's Aufmerksamkeit! Typisch Prinzesschen!

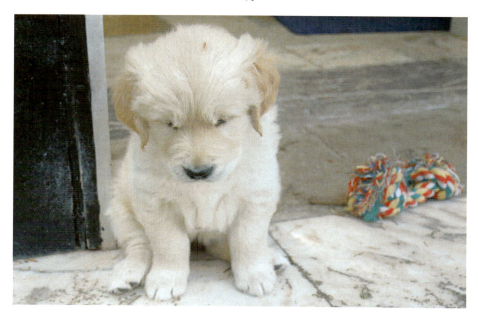

Ommmma kam natürlich sofort so schnell angeflitzt, wie et ihre alten Knochen zuließen, und nahm dat Häufchen Elend auf den Arm. Bellana hat sich bei Ommmma massiv beschwert …

aber so plötzlich, wie sie angefangen hatte zu weinen, hörte sie auch wieder auf und leckte Ommmma's Nase. Boah, die kann sich ja mal einsch...leimen!

Alles war wieder im grünen Bereich, denn Madämchen hatte ihren Willen und war auf Ommmma's Arm. Die muss doch irgendwo nen Schalter zum Umlegen haben! +grübel+

Ich lag nur in der Sonne und hab mir eins gegrinst!

Zumindest hat Bayenne sich in der Zwischenzeit nützlich gemacht und auf Paul's Anordnung hin die Würstchen nachgezählt. Obwohl ... die Dinger wären kein Verlust gewesen! Mittenmang durch sie hindurch ging ein Strick, die Würstchen waren knatschrot, hatten hässliche Augen, unförmige Nasen und schmeckten voll eklig nach Gummi.

Nirgends hatte ich meine Ruhe. Ich hatte doch Zukunftspläne und da ich noch net schreiben konnte, musste ich alles in meinem kleinen Kopp abspeichern. Ich brauchte meine Auszeit zum Nachdenken!

Also setzte ich mich vor meinen Spielkarton, malte in den Boden und verkündete wie einst der *olle Archi*: «Zerstöret meine Kreise nicht!» Ok, der ist danach erschlagen worden. Da hatte ich noch Glück!

Aber kaum lag ich mal im Gras, gab mich meinen Gedanken über den Sinn des Lebens im Allgemeinen und meiner Zukunft als Literat im Speziellen hin, kam die Tusse Bellana wie aus dem Nichts und stürzte sich auf mich. «Huhu Bashiriiii, ich binneeeet!» Klar, wer denn sonst?

Meine hochtrabenden Träumereien konnte ich sofort inne Tonne kloppen, weil ich mich auf den banalen Alltag mit der Zicke konzentrieren und mich meines lockigen Felles wehren musste. Sie hätte mich sonst auf links gedreht. +wütend guck+ Boah, wat ging die mir manchmal auf den Senkel!

Glaubt mir, Paul hielt mich oft genug davon ab Bellana endgültig dat Gesicht auf'n Rücken zu drehen!

Unsere Ommmma hatte nen Tunnel innen Garten gelegt und kurzfristig beschlich mich der Gedanke, sie reinzustoppen und dann schnell den Tunnel vorne und hinten zuzubinden.

Aber nachher saß dat Frollein widda da und setzte ihren «dat-war-ich-nicht, dat-war-schon-vorher-kaputt-Blick» auf und ich konnte ihr net mehr wirklich böse sein.

So genoss ich die recht wenigen Sekunden des Alleinseins und gab mich dann doch wieder meinen handwerklichen Begabungen hin. Nen grünen Daumen hatte ich zwar net, aber im Bezug auf Handwerk machte mir keiner wat vor! Wir hatten ein komisches, blau-weiß gestreiftes Ding in unserem Auslauf. Ommmma sagte, dat wär' ne Liege, dabei lag die gar net sondern stand nur rum, die Liege. Paul meinte zu mir: «Hey, du bist hier der Reparierer. Guck mal, ob dat Ding funktionstüchtig ist!» Sprachs und überprüfte weiter die Höhe der einzelnen Grashalme im Garten. +Paul nachdenklich hinterherguck+ Egal, ich legte mich drunter und schaute mal nach dem Rechten.

«Huaaaaaaaaaah, ich bin Draculaaaa!»

Ätschbätsch, angeschmiert! Ich war ja gar net Dracula, ich hatte nur die Bänder von der *Rumstehliege* im Maul! Sah abba fast echt aus, nä? Die Tussen haben sich auf jeden Fall zu Tode erschrocken! Dat musste ich mir merken! +Pfoten reib+

Ein guter Handwerker überprüft sofort seine Arbeit und ich unterzog die Liege einer Belastungsprobe. Nur … ich musste da erst mal raufkommen! +schwitz+

«Heilig's Blechle, die is ganz schön hoch! Dat finde ich äußerst Welpen unfreundlich!» Am Gewicht konnte dat nicht liegen, denn ich war net zu schwer, ich war nur untergroß und hatte ganz schön zu kämpfen. Meine Schwestern standen um die Liege rum und klatschten im Takt: «Ba-shi-ri, Ba-shi-ri!» Ich durfte mir jetzt keine Blöße geben und wuchtete meinen Hintern auch noch hoch.

Na bitte, geht doch!

Ups, ich glaub die Höhe macht mir doch zu schaffen, ich bin'n bissel tüddelig im Kopp. Oppppa ist auch manchmal tüddelig im Kopp, wenn er aus'er Kneipe kommt. Er gab mir den Tipp mich entspannt auf'n Rücken zu legen und ein Bein auf'e Erde zu stellen. Dat würde er auch immer machen zum Bremsen, damit dat Gekreise in seinem Kopp aufhört. Na super! Wie soll ich dat denn machen, menno?

Watten Glück, dat ich die Liege repariert hatte, später musste ich nämlich als dienstältester Rüde noch mit Ommmma Probe sitzen. Dat hätte ins Auge gehen können, aber … morgens, halb zehn in Deutschland und die Liege hielt! Ich wurde mutig und rief von oben Bellana zu: «Samma, du *Knubbelefutz* (kleines, dickes Kind), biste so klein oder stehste in nem Loch?» Boah, die war sauer!

Vorsichtshalber bin ich abba auf Ommmma's Schoß ganz still sitzen geblieben. Erstens war es reichlich hoch und zweitens weiß ich net, in wie weit man so ner Rumstehliege über's Rohrgestell trauen kann. Auf jeden Fall war ich froh, als ich wieder festen Grasboden unter den Pfoten hatte und mich meinen Verpflichtungen widmen konnte. Bevor ich den Feierabend einläuten konnte, musste ich noch eben den Rasen kämmen …

dabei hab ich entdeckt, dat hier seit Neuestem Rinderöhrchen wachsen. Net schlecht, Herr Specht!

Eins davon hab ich sofort mal entsorgt. Dann hab ich noch den Strick von den komischen Würstchen neu geflochten …

und Bellana losgeschickt um ihn wieder anzubinden. Ich traute ja meinen Augen net, aber die Kleene hat tatsächlich auf mich gehört! Irgendwat konnte doch da net stimmen!

Kurzzeitig war ich als mobile Verkehrsberuhigung zwecks Unterbrechung einer Ameisenstraße tätig ...

aber dann gönnten wir uns alle Mann noch nen wohlverdienten Absacker bei Mama Cim umme Ecke.

Zum Abschluss des Tages spielten Mama Elke und ich noch Verstecken. Mama war dran! «Eins, zwei, drei, vier, Eckstein … alles muss versteckt sein! Hinter mir und vor mir gilt es nicht! Eins, zwei, drei, … ich komme!» Mama hat mich sofort gefunden, menno. Aber ok, ich geb's zu, war ja auch en doofes Versteck!

Am 01.05.2007 war mein Tag! Ich war ja sowat von aufgeregt! Sogar meine Ohren waren aufgeregt!

Meine Mama hatte mir versprochen meinen großen Bruder Atreu mitzubringen! Bayenne hat mir voll eine geballert und meinte: « Mein Jott, hür doch dat opjerächte Gehampel op! Du mäs mich knatsch verdötsch!» (Mein Gott, hör doch dat aufgeregte Rumhampeln auf! Du machst mich total verrückt!)

Total cool kam der Typ innen Garten marschiert. Finn und ich haben ihn uns voller Bewunderung durch den Zaun angeguckt. Unsere Schwestern verschwanden erst mal blöd kichernd im Gartenhäuschen, stupsten sich gegenseitig an, fingen dann noch blöder an zu kichern und guckten immer umme Ecke nach Atreju.

Aber dann kam mein spektakulärer Auftritt. Ich durfte zu ihm auf die ganz große Wiese … meine Geschwister saßen wie die Ölgötzen hinterm Zaun und haben vor lauter Aufregung die Luft angehalten. Sogar die Weiber saßen still da. Konspirativer Treffpunkt: der Baum am Auslauf.

Ich nahm allen Mut zusammen, stemmte die Arme inne Hüften und stapfte wie John Wayne zu seiner besten Zeit mit leicht wiegenden Schritten auf ihn zu: «Na, Bruder, alles steif im Strumpf?»
Da laberte er mir gleich ein Schnitzel anne Backe und zeigte mir, wo sein blauer Punkt früher war.

Ich sagte: «Jou, weiß ich doch, hat Mama schon erzählt! Wenn Ommmma die Klüsen richtig aufgemacht hätte, wäre meiner auch da oben auf'm Kopp!» und ließ ihn meinen blauen Punkt am Hals gucken. Glaubt mir, et lief mir eiskalt den Rücken runter, als Atreju mir seinen heißen Atem ins Ohr blies. Ich hoffte, dat Atreju wusste, dat wir net Kain und Abel hießen! Aber langsam wurde ich ruhiger.

Meine Geschwister hinterm Zaun waren mittlerweile der Ohnmacht nahe. Bissel schummerig war mir auch noch, aber ich ließ mir nix anmerken! Ich hab ihn so freundlich wie möglich angelächelt … und wat meint ihr? Er hat zurück gelächelt!

Jetzt war's soweit! Ich hab ihn rotzfrech angekläfft und wir haben ganz doll miteinander getobt.

Ich konnte et mir net verkneifen und hab bei der Gelegenheit mal nachgeguckt, ob der auch da hinten so ne Quietsche hat, wie dat doofe Huhn. Hatter abba nicht!

Soll ich euch wat sagen? Dat is ganz schön toll son supercoolen, großen Bruder wie Atreju zu haben! Vor allem waren meine Schwestern jetzt ganz oft lieb zu mir, fragten immer, wann Atreju denn noch mal käme und Bellana wollte wissen, ob er was über sie gesagt hätte! Ne, is klar! +Vogel zeig+

Betsy-Ann hatte an diesem Tag auch Spaß inne Backen. Ihre neuen Eltern kamen sie besuchen. Hier isse mit ihrer Mama Renate …

und hier mit Papa Werner.

Auf einmal war sie wieder ganz dat «kleene Puselche» (kleines, anschmiegsames Kind). Ich bin manchmal an ihr vorbeigelaufen und hab leise gesungen: «Betsy is ne Transe, Betsy is ne Transe!» Als Ommmma dat hörte - komischer Weise hörte die alles und wat sie net hörte, erzählte ihr Paul - hat sie mich in's Gebet genommen. «Dat darf man nicht! Betsy ist ein liebes, kleines Hundemädchen und kann nix dafür, dat ich mich anfangs verguckt hab! Ich will nie wieder hören, dat du so böse Wörter zu ihr sagst! Und überhaupt ... wo haste die her?» Ph! Liebes, kleines Mädchen! Ne, is klar! Hat die ne Ahnung! Auf der einen Seite war Betsy zickig wie ein Weibsbild und auf der anderen Seite kackfrech wie wir Jungs. Ergo ... abba ok, ich hab nix mehr gesagt. +abwinkt+

Am 09.05.2007 wurde der Erste von uns, Bruder Finn, abgeholt. Ommmma hat ihn noch schön gebürstet ...

ihm noch gute Ratschläge und Verhaltensregeln mit auf'n Weg gegeben. «Schick dich!» und dat Übliche halt.

Dann hat sie in ganz lange und ganz dolle gedrückt. Menno, wir waren alle ganz schön traurig!

Und schon standen seine neuen Eltern da, Mama Inga und Papa Uwe.

Also, ich hatte dat Gefühl, dat die ganz schön lieb waren und Finn sich bei ihnen bestimmt wohl fühlen würde. Finn guckte ziemlich belämmert, aber Mama Inga hat sich nen Wolf gefreut!

Finn setzte seinen mittlerweile professionellen *Diana-Blick* auf … aber er musste trotzdem mit!

Einen Tag später wurden Paul und die Tran... ähm ... Betsy von ihren neuen Eltern abgeholt und wir waren nur noch zu Dritt. Prompt kam Ommmma auf die blöde Idee mit uns schwimmen zu gehen! Bayenne's neue Mama und sogar meine Mama waren von der Idee begeistert! Typisch Weiber! En Tümpel is ja ok ... aber dat Riesenschwimmbad?! Ne danke! Meine Mama war auf der Stelle wieder einäugig und positionierte sich mit der Kamera im Schwimmbad, wo ihr prompt erst mal die Linse beschlug. Höflich, wie ich bin, ließ ich Bayenne den Vortritt. «Ladies first!» Hier isse mit Ommmma und ihrer neuen Mama Irmgard.

Boah, wat hatte Bayenne Schiss! «Bitte nicht loslassen, Ommmma!»

67

Aber ne Ommmma wie unsere hörte auf sowat nicht! Sie säuselte: «Aber mein kleines Bayennchen, mein Babyleinchen, dat ist doch gar net schlimm ... ist doch nur Wasser ... und so schön warm! Guck mal, ist das nicht toll?» Und *zupp!* schon war se drin!

Boah, endlich geschafft! Zwei Minuten musste sie schwimmen. Abba jetzt nutzte dat Knutschen von Ommmma auch nix mehr. Bayenne war stinkig und Ommmma hatte verspielt.

Dann kam, wat kommen musste! Ein letzter hilfesuchender Blich zu meiner Mama, aber die hatte die Linse wieder abgeputzt und lag auf der Lauer. Ommmma war auch bei mir unerbittlich. War doch echt ne dämlich Idee, dat mit'm Schwimmen!

Na super … mein Hintern war schon nass und um mich herum lauerten die unendlichen Tiefen des Schwimmbades!

«Hallo … **hallo** … tut dat jetzt wirklich Not? Muss dat etwa noch tiefer?» Vielleicht hab ich ja ne Chance und sie überlegt sich's ja noch mal!?

«Och ne, nä? **Ommmmaaaa!**» Sie hatte mir vorher gesagt, dat man im Wasser net Pipi machen darf. Oh Mann, auf wat sollte ich mich denn noch konzentrieren? Überleben *und* net Pipi machen?!

Na warte, wenn mein Styling beim «Düvel» (Teufel) is, dann deins auch!

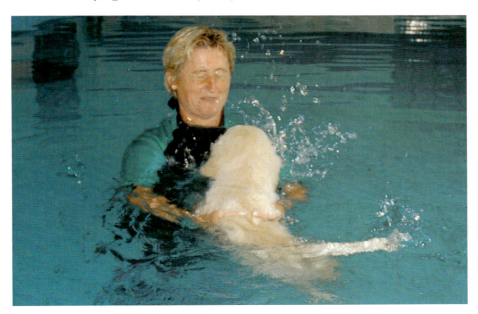

Gott sei Dank ... sie hatte ein Einsehen! Ich grummelte sie an: «Ach, erzähl mir nix ... von wegen war doch gar net so schlimm! Ich hab Wasser in'n Ohren und in'er Nase ... und wahrscheinlich wachsen mir jetzt noch Schwimmhäute! Und dat nur, weil du immer so komische Ideen hast! So!» Boah, der hatte ich's abba gegeben!

«Och ne, Ommmma, komm, jetzt werd' net komisch, ja? Dat war'n Scherz, ehrlich! Dat war doch net so gemeint!» Na super, Ommmma verkündete freudestrahlend, dat ich noch mal dürfte, weil ich ein Junge sei. Meine Begeisterung hielt sich in Grenzen.

«So, jetzt reicht's abba! Wo is der Ausgang? Ich will hier raus! Außerdem muss ich jetzt wirklich mal Pipi! SOS!»

Weia, mir ist schlecht! Mit Ommmma werde ich im Leben kein Wort mehr wechseln, da kannste abba einen drauf lassen!

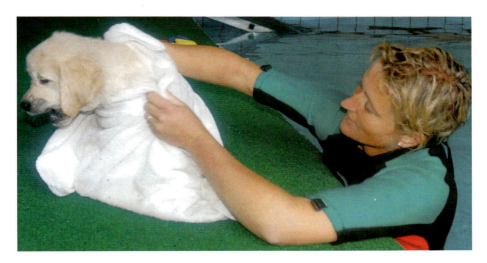

Wieso wusste ich, dat meine Mama jenau dat Bild hier in mein Buch schmuggeln würde?! Wenn meine Leute im Literatenclub mich in dem Frotteefummel sehen, dann Mahlzeit! Dat is ja unmöglich! Ihr macht mich voll zum Affen! Wie kann man mich so ablichten? Oder hat schon mal jemand Reich-Ranicki in so nem Outfit gesehen? Bestimmt net! Also … wenigstens würdevoll gucken!

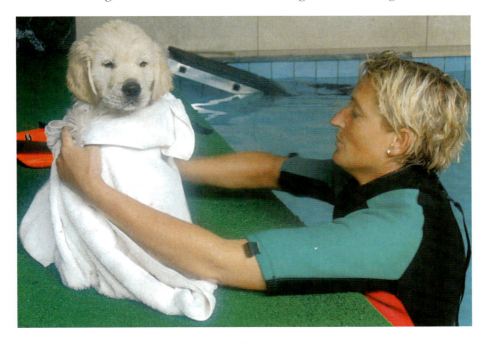

Bayenne lag, zwischenzeitlich schon frisch gefönt, mit Amy-Lee auf'm Doggy-Bagg.

Die Tortur hatte ich noch vor mir. Rein ins Bad, Fön angeschmissen und raus kam dat!
Ich sah aus wie ein geplatztes Plumeau! Habt ihr toll hingekriegt! Wirklich klasse. Ich bin begeistert!

Ich glaub, ich stürz mich vom Doggy-Bagg!

«Oder soll ich mir die Kante geben, Bayenne? Wat meinste?» « Ph, mach doch, musst du doch wissen!»

Dat war ja klar! Murphys Gesetz … ich bekam die Pulle net auf!

Am Ende war ich echt frustriert und einfach zu müde um überhaupt noch was zu planen.

Ich kuschelte mich an meine Leidensgenossin. «Bayenne, schläfste schon?» «Nä, noch net!»

«Abba ab jetzt!»

Nach unserem Erholungsnickerchen fuhr Bayenne mit zu ihrer neuen Mama Irmgard.

Zwei Tage später, am 12.05.2007, verabschiedete ich mich von meiner bisherigen Familie. Bellana knuddelte und herzte ich besonders, denn irgendwie war die Kleine mir doch ans Herz gewachsen. Mit ihr ging's net … aber ohne sie auch net! Der übrigen zwei- und vierbeinigen Familie rief ich theatralisch zu: «Ich bin dann mal weg!» (Dank an Hape Kerkeling!) und stieg winkend zu Ommmma ins Auto. Sie begleitete mich auf dem Jakobsweg in die weite Welt – naja, um ehrlich zu sein nur 20 km weiter nach Bad Münstereifel zu meiner Mama – wo ich mein Leben als *Dritthund* führen sollte.